푸른 피 새는 심장

김승종
중앙대학교 문예창작학과와 동 대학원을 졸업했다.
1995년 『시와 시학』을 통해 시인으로 등단했다.
시집 『머리가 또 가렵다』 『푸른 피 새는 심장』을 썼다.
현재 연성대학교에 재직 중이다.

파란시선 0097 푸른 피 새는 심장

1판 1쇄 펴낸날 2022년 2월 20일
지은이 김승종
디자인 최선영
인쇄인 (주)두경 정지오
펴낸이 채상우
펴낸곳 (주)함께하는출판그룹파란
등록번호 제2015-000068호
등록일자 2015년 9월 15일
주소 (10387) 경기도 고양시 일산서구 중앙로 1455 대우시티프라자 B1 202-1호
전화 031-919-4288
팩스 031-919-4287
모바일팩스 0504-441-3439
이메일 bookparan2015@hanmail.net

ⓒ김승종, 2022, printed in Seoul, Korea

ISBN 979-11-91897-16-6 03810

값 10,000원

푸른 피 새는 심장

김승종 시집

시인의 말

친구들이여, 우리 다시 청춘을 시작한다면 그런다고 하더라도 지난 역정(歷程)과 크게 다르지 않을 듯……. 그래서 그동안 회피하거나 외면하였을지도 모를 유감과 상처를 초대하여 존중과 사과를 시도해 보았으면 한다. 소통하고 화해할 수 있다면 얼마나 좋겠는가. 혹시 우리의 독자들이 자신과의 불화와 세계와의 균열을 우리의 이야기로 유추하면서 미리 줄일 수 있다면 그럴 수 있기를 우리 내내 기원하자.

차례

시인의 말

제1부

손짓하는 얼굴

빗소리 들리지 않고 걷다가 걷기를 잊은 천변
짓쳐 나아가는 용맹한 누런 강물
온 길을 돌아보네
저무는 서녘으로 빨려들며 다정히 손짓하는 얼굴

개미

—

아파트 철책 느티나무 아래서
몸 쪼그리고 꽁초 피우는데
무언가 모발 성근 정수리를
툭,
치고 땅에 떨어지네

좌왕우왕 벌벌 기는 개미

나도 이런 적이 있었던가
있었지
아득한 허공 너머 멀고 먼 땅
가지 못해서 가고 싶었던
어느 가난한 머리를 허락 없이 짚어야만 했던 곳
어느 성실한 머리를 무례하게 디뎌야만 했던 곳

쏘아보는 내 눈빛에 다급하던 개미

촉수 바짝 깃발로 세우고
좌우 어느 쪽으로도 기지 않고
—
내 미간으로 돌진해 오네

아파트 현관 벌목 여부를 묻는 공고
지독한 감기처럼 한 소식 오네

붉은 막걸리

중년을 넘어선 그는
날마다 안양3동 국민은행 골목 술집에서 석양배
날마다 오시는 황혼에 드리는 인사라네
마주해 한잔 한잔 하다
자신도 모르게 성남 가는 태화여객(泰和旅客)에 실리지
실려
외곽순환도로를 질주하는 버스처럼
불타는 막걸리 그 기염으로
청계산 밤하늘에 날아올라
백운유원지 돌며 주기(酒氣) 빨아들이고
백헌(白軒) 공 묘소에 가 비문 사연 떠올리고
남한산성과 삼전도도 힐끗 바라보곤
질주하는 버스로 돌아와 모란에서 부려지네
세상에는 봉황과 올빼미만 있지 않고
이도 저도 아닌 자의 변명이 많고 많지
이도 저도 아닌 자의 탄식도 많고 많지
그가 그리워하는 아버지는
초년에 막걸리를 만들었고
중년에 세상을 한 바퀴 돌고는 일찍 집으로 돌아와
황혼 샛강에 호미 씻고 밤 이슥토록 책 읽었는데

14

중년을 넘어선 그는

젊은 아버지가 만든 옛 막걸리에 절어 겨우 집으로 돌

아가네

● 백헌(白軒) 공: 이경석(李景奭, 1595-1671).

● 봉황, 올빼미: 박세당(朴世堂, 1629-1703)이 지은 이경석 신도비명

의 맥락.

설날 먼동 트는 무렵

―서악사(西嶽寺) 1

―

흙싸라기바람 퉁소 불던 초저녁
옹천으로 가던 소달구지
꼬리 꺾인 연처럼
당북동 개천 술집 그믐달에 걸려 버렸어

아니지 서악사 저녁 예불
삼계(三界)에 뜸 들 듯 잦아드는데
학가산(鶴駕山) 이르듯 그가 멈추며
"딱 한잔만!" 하였지
온 동네 세찬 대신 사 집으로
집으로 곧장 돌아가던 길에

그 사정 그 심정 이제서야 알 것 같다

마시다 취했고
나서다 안방 노름판에서 힐끗 패를 잡았고
좀 따다가 좀 잃었고
꽤 잃자 본전 생각에
온 동네 세찬 하나하나 걸고
쪼루고 쪼루고 이판사판 쪼루다가

마침내 거덜 나 버린
마침내 거덜 나 버린

정월 초하루 설날 먼동 트는 무렵

옥동파출소 사이렌
—서악사 2

—

눈 감아도 옛 옥동파출소 사이렌 들리지 않고
잠도 돌아오지 않네
화장실로 불려 가 오줌 토해도 줄기 가늘고

꿇어앉아 배꼽 아래 사타구니 거웃을 깎네

녹슨 가위 이제 회음을 지나
그 끝 항문에 이르렀는데

거시기는 아무리 해도 그러지 못하네

관음의 천수(千手)이어도 끝끝내
이르지 못하네 한 치를 앞두고서리

옛 옥동파출소 사이렌 들리네
서악사 사천왕(四天王)도 눈 감으시네

—

당황한 당나귀

지지 마라
수십 년 전 병상(病床) 선배의 유언
이후 그는 자주 졌고 막걸리도 자주 마셨지
그때 묻고 싶었지만
선배가 숨을 몰아쉬었고
알 것 같기도 해 묻지 않았는데
어언 그래도 가끔 궁금하였지
오늘 또 막걸리를 배불리 먹다가
문득 그때 선배의 백혈병 눈으로 자신을 보네
분수 모르고 게으르게 늙은 당황한 어린 당나귀
무엇에 지지 말라는 것이었을까
평생 자신을 떠나 떠돌면서
무엇에 지지 말라는 것이었을까
남녘 땅 선배의 고향에 오래전 들어선 시비
겨우 어젯밤에서야 꿈에서 지나갔네

상분(嘗糞)

사람들이 걷고 있는 모습을 그는 본다
복도와 나선계단이 층층마다 이어지는 집
그 속에서 여러 그가 분주히 걷고 있다
숙인 고개 찡그린 미간
꿈 깨서 낯설었지만 낯익은 정경
좌절에 길들여졌지만 불평을 멈추지 않고
세상이 자신을 속인다고 그는 끊임없이 슬퍼하고 노여
워한다
뜻 이루겠다고
상대의 항문 핥아 똥 맛본 사람들
그들의 뇌수에 파고드는 환장하는 인내처럼
입안에서 자지러지는 상대의 감미로운 공포만큼
젊은 날부터 미워했는데
오늘은 좀 의심스럽다 그들 말대로
뱃대지가 덜 고파서 그런 것일까
새벽꿈에 그는 출구 없는 듯한 집에서
걷고 걷는 늙은 인형들을 보았다 제자리에서
아무래도 시시해지는 감상(感傷)을 이제서야 왜 꾼 것일
까
무슨 해몽을 하려는 자신에게 속삭인다

20

토물도 맛보지 못하는 저질
그는 새벽에 깨어나
또 세상과 자신을 슬퍼하고 노여워한다
그는 집을 나설 수도 없고
자신이 세운 집을 부술 수도 없다

●세상이 자신을 속인다고 그는 끊임없이 슬퍼하고 노여워한다: 알렉산
드르 푸시킨(1799-1837)의 시구 "삶이 그대를 속일지라도/슬퍼하거
나 노여워하지 말라"를 전제로 한다.

아롱다롱

취한 스물한 살에 취한 오토바이에 치이자마자
맞은 고희
가부좌한 새벽
지난 세월이 폐사의 종소리처럼 선회하지만
돌아간 부모가 숨기던 애끊기던 모습
떠나간 애인이 쥐여 준 붉은 점 스카프
찾아온 남매의 염색한 검은 머리에 눈물 흘리네
스물한 살 이후 그는 울지 않았다
세상이 성기 끝에 매달린 오줌 방울 같고
표정 없는 자기 그림자가 너무 옅어서
기억하지 못하는 어느 봄날부터
불편한 다리 끌며 겨우
도와 왔지 자신보다 어려운 속리산 요양병원 이웃을
취한 스물한 살에 취한 오토바이를 치자 말자
맞은 고희
가부좌한 새벽
그가 운다 천지현현(天地玄玄) 미명에
우는 눈에 어리는 미소
불에 타고 불에 타 재가 되고
그 재가 다시 재가 된 사리 같은 검불

22

웃는 그가 우는 그를
우는 그가 웃는 그를 보고 있네

낡은 심장

오후 늦어 깊은 낮잠에서 깬 노모
침침한 눈으로 그를 살피네 이윽히
에그 너도 이제 늙었구나
아이고 그래요? 그렇습니까?
제가 벌써 게으르게 늙고 말았다는 건가요
각혈하는 번개로 무너지는 천둥처럼 후회하네
하지만, 그가 이미 오래 예감했던 예정이지
암 예정했고말고.
노모가 조심조심 탄식조로 말을 잇는다
눈도 처지고 입가에 주름도 졌구나
북받치는 낡은 심장
그래 오래 잊었다가 어제 해 본 달리기
견딜 만한 고통에 도취해
견딜 만한 고통을 기약하던 그때를 추억하면서
발이 무릎이 되도록 그는 계속 달리리라
한밤에 무슨 억울한 짐승처럼
한밤에 화살 다발에 꿰인 유령처럼 달리고 달리리라

모래

　외나무다리 건너 멀리 절 한 채 스러지다 일어서고 천변에서 헤매다가 그 다리로 들어서네 바람 부는 하늘에 망자들의 숨결 휘날리고 길 잃고 만났던 패랭이꽃 향도 삼아 그 숨결을 좇는데 무언가 섞여 드는 소리 다리 아래 강물에서 끓는 목숨 쏠리는 소리 아미산(峨眉山) 무량 모래 흐르는 소리 없는 그 소리에 이끌려 건너가는 외나무다리 그립고 무섭고 가고 싶었던 절 한 채 안개 너머에서 일어서다 스러지네

임종

―

멀지도 가깝지도 않은 그 산
평생 아버지 대장장이
바라보며 쇠를 다루며
오르지 않았다고 한다

화로의 희고 시퍼런 기운이 하늘로 치솟아
붉은 용이 아득히 하늘을 휘돌며
화로에 차가운 비 내리기를 거듭하도록
매일 매년 매년 매일
쇠를 녹이고 식히고 달구고
치고 두들기고 휘고 감고
붙이고 치고 다듬기를 거듭하면서
그 산을 오르지 않았다고 한다

아내가 죽은 뒤 더 그리운 그 산
한 번도 오르지 않았다고 하는데
내쫓기기도 가출하기도 하며
아버지로부터 버려지고 버려져
아버지 붉은 눈의 주름살처럼 질겨진
―
아들 대장장이

임종 앞둔 늙고 늙은 아버지 업고

높지도 낮지도 않은 그 산꼭대기로 오르고 있다

풀섶사바
―비는 실실 오고 20

―

갈바람, 먹구름에
흩어지고 모이고
귀뚤귀뚤 풀섶에
밤비 실실 온다
눈에도 툭
혀에도 툭 툭
나 아직 살았나
오늘도 누군가
죽었고 태어났고
웃었고 울었으리
귀뚤귀뚤 풀섶에
밤비 실실 온다
코에도 툭
이마에도 툭 툭
나 이미 죽었나
먹구름, 갈바람에
모이고 흩어지고

―

제2부

경계

오래 읽어 오지만 잘 알 수 없는 시가 있다

다가가면 도망치는 수상한 번개

비명도 지르지 못하고 그가 방금 덤프트럭에 깔렸다

잦아드는 노란 신호등, 영원히 깜박거릴 요망한 경계

그는 이제 읽지 못한 걸 읽을 수 있을까

강고하고 어둑한 마음의 태백산맥을 찢어 제치고

자신을 짓뭉개야 읽을 수 있고 지울 수 있는 시

색(色)

공작단풍 보자 잊었던 봄잔디 떠오르고
봄잔디 그리워하자 요염한 빛 길을 막네

이 마음 겨우 신록에 한참 안겨 쉬었는데
여기서도 쫓겨나 이제 길 버려야 하리

은혼식

막 핀 흰 연분홍 섬진강 벚꽃 길
정겹고 살기 화사한 귀기
흐르는 강물 돌아가고
대낮 적란운 하늘 문 닫는다
지난 세월, 어둑한 강물 아래 초승달이었지만
같이 살았어도 좋았고
같이 살지 않았어도 좋았는데
다만 이별 없이 이별하였었다 하네
끝나지 않을 아늑한 이별길

달

—

　뜨고 지고 뜨고 지고 검은 밤 별 없는 밤 뜨고 지고 뜨
고 지고 우리 살기 전에도 뜨고 지고 우리 살은 후에도 뜨
고 지고 우리 검은 마음에도 뜨고 지고 교교히 뜨고 지
고 고고히 뜨고 지고 유구히 그 윤회에 세상이 뜨고 지고

—

검불재

적멸보궁 폐허에 황산벌 태우며 스스로 그윽한 노을

위론지 아래론지 뒤론지 앞으론지
갈 듯 말 듯 머뭇머뭇 한 오라기 검불재

칡넝쿨 작은 단애(斷崖)에 이마만 드러낸 마애불께
물어 달라 조르네 영원도 넘어선 그 만공 가슴에

너 어디서 와서 어디로 가느냐

억새에도 베이지 않고 강아지풀에도 스칠락 말락
없는 듯 있으면서 산 것도 죽은 것도 아닌 티끌 하나

적멸보궁 천년 유허(遺墟)에 자신을 유폐하고
갈 듯 말 듯 하늘하늘 자신도 잊은 듯 떠도네

기생충

의리 없는 아수라 세상에서 저 혼자 못 살아요
그대도 어차피 혼자서는 못 살지 않나요

사랑해요 우리 그대 안는 간절한 저를 그대도 꼬옥 안아
주세요
그저 손만 잡거나 입만 맞추려고 하지 말고
서로 칭칭 감고 감겨 만수산 드렁칡처럼
골수 뒤섞고 영혼 합일해요
남의 시선이야 이런들 어떠하며 저런들 어떠하리죠

행복한 눈물로 그대 심장 적시며 영원을 기도할게요

소도 말도 다니는 다리에나 버릴 그 일용할 피 너무 아
까워요
그 피 저는 필요하고 그 피 있어야 우리
늘 푸르고 곧은 대나무가 될 수 있지 않나요

저는 배신도 이별도 없어요
그대만 산다면 저도 죽지 않고
그대가 죽으면 저도 따라 죽어요

그대는 나의 생명 영원할 나의 무덤

백골이 진토되어 넋이라도 있고 없고
사랑하는 그대여

●'만수산 드렁칡' 등은 이방원의 「하여가」와 정몽주의 「단심가」에서 인용.

볼륨

몰래 화장하고 부드럽게 떼를 써도
삶은 한정된 볼륨
누구나 위대한 말씀 따라 레버를 올리기도 내리기도 하
지만

익숙해져 풀 죽었다가 이마저 낯설어져
또 꿈꾸려 하고
흰 머리칼 버리기를 우리는 꺼리는지 몰라

오늘은 볼륨을 올리지도 내리지도 않고
그냥 그대로, 그대로 들으며
만취한 꿈속 쓸쓸한 루주 칠한 몸 깨워
자기 앞의 삶
그 시작과 끝을 이제 한번 노닐어 보자

사라져 가네 뭉클한 것
화살인가 활인가 과녁인가

아니라면 그게 무엇인가 우리인가
볼륨을 높이고 숨겨 둔 춤을 춰 보아야 하나

소식 준 옛 친구여 그대 오늘은 유죄다

그것을 알아내기를

오토산(五土山)을 그리워하는 견자(見者)들에게 먼저 알리

고

우리 젊은 날에도 회수(回首)의 편지를 쓰기를

구태여 그 끝에 '이제 안녕히'라고 쓰든 말든

어떤 어조이든 그것은 오로지 그대의 몫 그대의 볼륨

몽블랑

제네바역에서 몽블랑으로 가는 버스를 기다리네
그 산 보러 우리는 굽이치는 벌판을
눈에 썰 숲을 언 호수를
기차처럼 빠르게 기차처럼 느리게
기차를 타고 왔지
쓰고 달고 맵고 짠 지난 삶 같은 그 산을 지나왔지
웃으며 재잘재잘 떠드는 소년들 소녀들과 기다리네
몽블랑 그 산으로 가려고
이제 역 주변이 고향 작은 역
가출하던 십대 그때처럼 어둑해지고
눈보라 희끗희끗한데
불 켜진 역두
우리가 떠나온 미라보 다리에도
떠나간 마리 로랑생의 손수건도 켜지고
기욤 아폴리네르는 여전히
난간에 기대 흐르는 강물을 바라보고 있겠지
우리를 대신해서
미라보 다리 아래 세느강은 흐르고
몽블랑 그 산으로 가는 버스는 오지 않네
멀리서 기적을 앞세우고

기차가 들어서네 밀라노행 기차

끝

성남시 수정구 태평3동 중앙파출소 근처
성공빌딩 지하 국제스탠드바
삼만 원짜리 기본 팔고 삼천 원 버는 중년 마담들이
처진 배에 힘주며 블루스 춰 주는 곳
딸 둘 둔 마흔 살 화자 씨가 막내이고
밴드의 음악이 근처 바에서 가장 시끄럽지

소주에 취해 와 가끔 기본 사고
이튿날 공짜 맥주 한 병 조르는
마흔일곱 살 미스터 조의 단골 바이기도 하지

어느 날 또 말없이 오래 끌던 그의 공짜 시비
이긴 적 없던 외진 구석 7번 코너를 이기고는

이제 다시는 오지 않겠다고 중얼거렸다
며칠 후 간판에도 눈발 묻는 이슥한 겨울밤

만취한 그 또 계단 하나하나 기고
악쓰며 막는 굉음 겨우 뚫고
술꾼 예닐곱 흩어진 그곳으로 들어서네

그날 빈 코너 두루 돌며
천 원 더 얹어 기본 샀고

아무 말없이 다시는 나타나지 않았다

성남시 수정구 태평3동 중앙파출소 근처
성공빌딩 지하 국제스탠드바
미스터 조의 수풀 자욱 우거진 찬란한 늪
짧고 긴 봉별(逢別)이 변전하는 영원한 둥지

만취한 그가 오늘 밤도 그 앞을 지나가고
짙게 화장한 옛 아내 7번 코너가 졸다 깬다

이혼(離魂)

―

엷고 짧게 깜박이다 새벽에 혼곤해지는 잠
요즘 그 잠에서 그의 혼
낡은 몸에서 떨어져 나가
망망 바다 건너 건너
침발도관(砧發道觀)에 가서 사네
몸 새로 얻고 하고 싶은 대로 사네
하청궁(下淸宮) 중청궁 상청궁 오가며
무릎 꿇고 기도하다 우라지게 통곡도 하고
사기 술 처마시다 다시 장가가 아들도 얻고

에헤헤헤 이히히히

반지하방에 늦게 든 햇빛은 찬바람 부는 담장에 핀 장미

백여 년 전 침발도관에서
그 몰래 둘째 마누라와 아들도 그와 무척 행복하다

●침발도관(砧發道觀): 중국 하남성 자양현(紫陽縣) 동향산(東鄕山)
에 있었다고 한다.

44

미련
—비는 실실 오고 34

구월 찬비 실실 온다

산은 산에 안기고

강은 강을 따라 흐른다

사람은 서로 한숨을

따뜻한 한숨을 내쉰다

찬비는 찬비에 젖는다

유정무정(有情無情)
—비는 실실 오고 21

잠 깨니, 그립던 비 실실 오고
찬 기운, 부은 눈두덩 쓰다듬누나
빈 거실에 멍청히 앉아
비바람에 온몸 맡기다
천지유정(天地有情)에
몸 가벼워지고 마음 비워진다
한 달에 만 원 버는 서른다섯 청상(靑孀) 어머니
푸른 피 새는 반년 심장 열여덟 라자
방글라데시 꼴람둘라의 비바람
빈 거실에 멍청히 앉아
천지무정(天地無情)에
몸 가볍고 마음 비운다

제3부

약속

어제 별세한 조카의 외삼촌
평생 시를 읽고 읽었지

삼십여 년 만에 낸 '기토(起土)' 동인지

부치겠다고 형수에게 주소 물었는데
혹시 소식 듣고 기다렸을지도 몰라

평생 그는 한 번도 걸어 본 적 없고
마침내 단 한 편의 시도 쓰지 않았지

너무 늦어 보낼 데를 모르는 동인지
방구석에서 상자째 웅크리고 있다

그가 읽은 시들이 휠체어에 앉아
금탑처럼 조문객을 맞이한다

이명(耳鳴)

무연히 통화하다 고개 숙였네
내려다본 거실 바닥
거침없이 기는 바퀴벌레

뇌수에 감기는 희미한 단말마

구두 제키자
돌이킬 수 없이 선명하네
솟구쳐 경련하는 무수한 손발

무연히 밟은 거실 바닥

양수(羊水)

걷지 못하는 노인 벗기고 샤워기를 튼다
봉두난발(蓬頭亂髮) 거친 백발 갈등이 무너진다
오 신속하고 경건한 물의 축복
숙적들의 창끝이 노리던 빈약한 목덜미
일가를 짊어지고 강산에서 떠돌던 궁핍한 등
앞장서 욕망을 돕던 선하고 악한 팔
옛 아내가 간질이며 쓰다듬던 겨드랑이
죽은 애인의 입술과 한숨 배인 가슴
자식들을 태우고 괴성을 지르던 배
지병의 검푸른 흔적이 숨은 사타구니
한 번도 살피지 못했던 항문
행복한 날 팽팽하게 부풀던 허벅지
발 달린 짐승 어딘들 못 가랴며 탄식하던 두 다리를
물은 도도히 흐르며 비듬의 칼날에 베이고
물은 도도히 흐르며 비듬의 칼날을 쳐부순다
어둑한 김 피어오르는 욕조에 가득한 회색 물
물릴 수 없는 치매의 독기도 구십 평생도
모조리 그 물에 고요히 갇혀 있다
물 빠지자, 이름 없는 갓난아기, 곱게 운다

반달

태평동 여인숙 골목 요양원으로
아내 따라 그는 장인 뵈러 간다
푸른 하늘 계수나무 아래에서
돛대 없이 난발 장인은 늙어 가고
삿대 없이 단발 아내는 어려 가는데
누가 토끼인지 아닌지도
알 수 없다 그는 알 수 없지
눈썹 사이 주름 같은 그 길로 다시 이른 자리
해병 이병처럼 각지게 머리 깎여
미용사 출신 원장 옆에서 한 번 웃다가
엎드리고 막무가내로 끼니 외면한다
그가 앉히려다 식욕 같은 힘에 물러서고
아내가 아무리 애원해도 눈 뜨지 않는다
누구에게 분노하는 건가 혹 자신에겐가
알 수 없다 그는 알 수 없지
태평동 붉은 창문 닫힌 여인숙 골목
고개 숙이고 그는 아내 따라가
눈 감고 분노하는 장인 뵈어야 한다
어제인지 내일인지 푸른 하늘 계수나무 아래에서
서쪽 나라로 갔던 장모가 절구를 찧으며 노래한다

장인은 삿대도 없이 젊어 가고
그와 아내는 돛대도 없이 늙어 간다

증오

컴퓨터 화면 깜박이를 노려보다 말고
하늘 나는 비행기 소음을 듣다 말고
신문과 TV의 뉴스를 보다 말고
남과 자신을 미워하였지
자신을 싫어하듯 남을 싫어하고
남을 꺼리듯 자신을 꺼렸지
열탕에서 부리 꽉 물고 덜덜 떤 겨울 북방 외기러기
오래 참던 숨 들이마시듯
길가 공중전화 부스와 같이 서서 길게 후회하였네

좌선

종일 비,
이 세계의 남북과 동서의 도시들에 다르게 내리고
천년왕국의 성문 닫히듯 날 거대하게 저무는데,
한 조각 먹구름 몸부림치며
제 이빨까지 물고 뜯으며 이리저리 쏘다닌다

아비뇽의 처녀들

구차한 부탁 길게 읊조리고
그 길로 시장으로 흐른다
그가 지나야 하는 입구에
문 열린 차 탑처럼 서 있다
수십 돼지머리들
바로 눕고 돌아눕고 모로 눕고 기대 눕고
흐린 날에 잘린 목뼈가 번쩍 번쩍인다
누가 그에게 묻는다 저게 뭐냐
지하 술집 낡은 벽 곰팡이에 기대 떨던 술잔들
저게 뭐냐 돼지머리들에게 누가 그를 묻는다
그윽이 눈 감은 큰 귀에 미소 지으며 아무 말 없다
살아오면서 헤어졌던 얼굴들인가
포개진 그 모습 시리게 평온하고 정겨운데
고개 돌려 목뼈를 곧추세우고 그가 흐른다

문밖

스마트폰에서 세탁소가 미납 세탁비를 청구하네
죄송하오나 저번에 다시 알려 드린 대로 부탁합니다
문 앞에서 문밖 그처럼 공손히 인사하던 작은 눈 얼굴
입은 옷들 훑으며 마누라가 핀잔하네
좀 깨끗이 입으면 안 되나 맨날 이게 뭡니까
벌써 막걸리 자국 반점(斑點)들로 번들거리는 외투
조심하면 불편하고 조심해도 소용없네
검은 상흔들이 배인 채 그를 노려보는 외투
문 앞에서 세탁소 사장은 여전히 고개 숙여 건네받겠지
TV에서 뉴스 앵커가 또 일가족이 문밖으로 떠났다 하네
한 늙은 엄마가 임대아파트에서 딸과 딸의 친구와

진달래 그림자

주술이 호응하지 않는 문장에 갇혀 오래 침음하던 그가 결국 문장을 지우고서야 벗어나네 복도로 나가자 열린 복도 끝 문밖에서 모색(暮色)에 목메인 바람이 신파조로 고함치며 와 안겨 쓰러지고 창밖 산록에서 진달래 그림자 뽑힐 듯 뽑히고 싶어 몸부림치네 꽃아 흔들리지 마라 바람아 불어라

석양 아래 옛 퇴근길 허위허위 내리다가 들른 강원도집 주모 혼자 누워 있네 아이고 몸살로 이 꼴입니다만 하며 외롭게 일어서는 그녀를 백화처럼 바라봐 주고 그만 문을 닫네 망명 같은 탄식 섞인 바람을 맞으며 고개 숙이다가 어느덧 이른 중앙시장 포장마차촌 이곳 또한 그의 한 시절이 고여 있는 옛 연못 아니던가 그때 친구들도 그리워 이집 저 집 기웃거리네 역시 술은 의구한데 인걸은 간데없고 어느새 그는 포장마차들을 낯설게 바라보는 어느 안주 일체 술집에 갇혀 석상(石像)처럼 막걸리를 마시네

어금니 뽑고 한 열흘 만에야 동공(洞空)에 막걸리를 붓네 그저께 그는 토끼 발처럼 달리며 달을 쳐다보았지 움직이지 않고 따라오며 태연하던 달 조금도 멀어지지 않았

어 크고 밝고 둥글고 단정한 보름달 어제도 그랬으면 얼
마나 좋았을까 줄곧 사이를 벌리고 이마를 맞댈 수 없었
더라면 얼마나 좋았을까만 내일이라면 그래도 괜찮을 텐
데 추석 이틀 지나려는 오늘 만취해 집에 돌아가도 그는
밤하늘 어디서도 그 달을 볼 수 없으리 황금을 씌워 주갑
(周甲)을 썩여 온 어금니도 핥지 못하리

●술은 의구한데 인걸은 간데없고: 길재(吉再, 1353-1419)의 회고가
"山川은 依舊ᄒ되 人傑은 간듸업다"의 맥락.

난초

어제 고인이 된 선배를 추도했고 오늘 젊은 이웃의 부
음을 듣네 병고로 신음하면서도 세상의 불의를 끝내 미워
한 선배 베란다에서 아기 빨래를 걷다 추락한 너그러웠
던 그녀 생물이 어찌 광음을 이길 수 있겠나 선배는 미간
을 좁혔었고 사람이 어찌 실수하지 않을 수 있겠어요 그
녀는 울상을 지었었지 혹시 그는 무엇을 미워하지도 않고
무엇을 실수한지도 모르면서 이 생을 낭비한 것이 아닐까
분갈이한 난초를 중추 보름달을 지나온 해가 정갈하게 쪼
고 실지렁이 한 마리가 다친 몸을 부식토에서 굴리며 파
고들려 애쓰네

성모실버홈요양원

엘리베이터 도착 음향이 복도에서 들리고 번호 키가 눌리고 문이 열리고 그가 요양원으로 들어선다 요양원에서 오는 길 백 세 정정 이천 할아버지는 또 아들들에게 전화해 달라고 막무가내로 졸랐고 성남 젊은 파킨슨 노인은 일주일 만에 기지도 못했고 건넛방 수줍은 정읍 할머니는 글쎄 한번 안고 싶다고 하였고 욕쟁이 분당 할머니는 시선을 내리깔며 그저 시무룩하였다고 한다 저녁 식사 시중을 들고 또 서둘러 떠나려 하자 치매 장인은 딸의 눈을 똑바로 쳐다보며 잠드는 나를 지켜봐 달라고 하였다 한다

금슬

당뇨로 눈멀 뻔한 구순 노모의 부엌 창가
길가 풀섶에서 주워 온 선인장과 사랑초
이런 거 들이지 말라는 아들에게 합장하며
서로 이야기하라고 나란히 두었다 하네
추석 아침
두 볼이 반쯤 벌레에게 먹힌 작은 선인장
보라 이파리 사이로 가녀린 분홍 꽃이 수줍은 사랑초
홀로 이승 가에 버려진 것들
서로 의지하며 금슬이 좋다
보름 전 통화에서 느닷없이 외롭다던 노모
붉은 기운이 가시지 않은 먼 아물거리는 눈에
아들 대신 두 보살이 들어서 있다

제4부

수신제가(修身齊家)

　일요일 오전 부엌 마누라 눈치 살피다가 아장아장 청
소기를 돌린다 늘 하기 싫은 청소 어른이 되면 아부지처
럼 하지 않을 줄 알았던 평생 하는 청소 안방과 거실 아들
이 입대해 빈 문간방을 거쳐 서른 가까운 딸의 굳게 닫힌
방문을 두드려 열고 망설이던 말을 겨우 한다 네 방은 네
가 정작 털어 버리고 싶은 소회는 앞으로 네 방은 네가 못
내 유감 짙은 그가 이제 거실을 닦는데 딸이 어느새 남은
걸레까지 빨아 들고 말한다 문간방도 닦을게요 그를 많이
닮기도 한 딸 짐짓 따라 웃는 자신을 그는 한숨 쉬며 이제
자신을 닦아 지우려 한다

날 봐

고개 숙이고 외면하는 그대

내 얼굴 창밖 개나리만 못하고
내 투정 꽃샘바람만 못하지만

날 봐 날 좀 봐

내 말투 이 후텁지근한 공기만 못하고
내 표정 이 백묵 먼지만 못하더라도

강의실 창밖을 자꾸 곁눈질하는 날 좀 봐

아직도 고개 숙인 나여

싹
— 비는 실실 오고 12

비 실실 오고 숨었던 오만 병 싹이 돋네
그땐 몰랐으나 세월 지나 문득 깨친 오싹하게 부끄러운
일처럼

이런 날엔 빗소리만큼 신음해도 그 가락 괜찮겠지만
구부정한 허리 오랜만에 펴고 저마다 주름진 생을 비웃
어 보자
이제 아픈 몸 아파진 몸
비웃을 것이 없나 비웃을 여유가 없나
비웃는 자신을 비웃을 수가 없나
병이 숨던 청춘에는 없던 행복의 날 선 쾌도

비 실실 오고 숨어 있던 오만 병 싹이 돋네
그땐 몰랐으나 세월 지나 문득 깨친 옛 원수의 서늘한 매
력같이

유예

—

의자 뒤 책상 구석 송달된 시집

시인이 시로 돌아온 멀고 긴 길과는 다른

짧고 담담한 현재시제 서문을 읽었고

화투패 제키듯 시집 펼쳐

시 한 편 대충 훑고 인터넷 시사 기사로 돌아갔었지

의자에 앉거나 일어서다 시집을 발견하면

하던 일 하려던 일 하면서 미루었지

어느덧 그 시집은 읽혀지지도

다른 책처럼 서가에 모셔지지도 않네

평생 삼류 시를 쓰다 말다 하는 그가 훑었던 시는

—

젊은 시절에 시인이 알지 못했던

자기 나이 아버지의 심정을 헤아린 시

그에게도 어찌 아버지가 없었으랴

어찌 자신처럼 집 나간 자식이 없으랴

시인보다 자신에게 더 미안해 미루는 듯한

집 나간 그의 자식도 읽어야 할 시

의자 뒤 책상 구석에 펼쳐진

육순 넘어 쓰기 시작한 시인의 시집

동냥젖

여행하다 우연히 스며든 좁고 긴 그 길의 끝, 낡고 깨끗한 절이 있다 울퉁불퉁 푸른 소나무가 금강역사로 바짝 다가선 뒷산 잊은 세월대로 휘어져 노란 잎 수북 쌓은 은행나무 뒤 대웅전 옆 후미진 곳 그 절의 끝, 한 부처가 있다 나발도 육계도 백호도 없이 낯선 복색에 알 수 없는 표정에 두 손으로 오른 가슴을 위에서 옆으로 열어 싸안고서 마누라는 대번 흰 구름처럼 뭉글게 절하고 그는 잠시 주춤하다 배고픈 모기처럼 다가가 부처의 표정을 살피네 천 년 전 고려 때 구걸하는 어미들에게 젖 주던 미륵, 등 좁고 굽은 우는 어미에게 업혀 앵앵거리는 전생의 그를 노려보던 걸인

왕십리

오늘도 탄천 천변 긴 밤을 달리네
느린 듯 빠른 듯 하염없이 달리네
수양버들 간간이 늘어서서 빈 정수리 쓸어 주지만
서럽게도 비 오지 않는 왕십리 왕십리로
그곳 골방에서 마누라는 머리 숙여 고물고물 전자카드 만
들고
드디어 한 문장 써 얹고 마네
맞붙은 호수와 흰 산 위로, '추석 연휴도 끝나 가고 또다
시 일상으로'
이제 그는 달려가네
호수로 설핏 무너지는 그 산으로 달려가네
무너지는 그 산으로
막무가내로 막무가내 물살을 가르며 달려가네
하염없이 멀어지는 소월(素月)의 비 오는 왕십리
비 맞아 나른해서 벌새 우는 그 왕십리로
벌새처럼 달려가네 가도 가도 왕십리 그 왕십리로

호박

—

꽃이 눈에 들어오는군 이제 늙은 건가
붉은 정지신호 대기 중 차 안
뻔한 말 왜 하나 마누라도 중얼거렸지

한 주 지나 다시 그 네거리
며칠 전에 한 친구가 죽었다
당뇨로 눈멀어 가며 용달차 끌고
잘 알아주지 않아도 짬짬이 시 쓰던 시인

은사 묘소 참배하고 돌아오는 길에 그에게 한 말,
…인생이 호박 같아 초년은 싱싱하고 맛있고 중년은 다
자랐으나 맛이 없고 노년은 쭈글쭈글하지만 그래도 맛은
있다고 내 노모가 그러더군…

그가 자신에게 쓴 마지막 시,
… 목숨 애써 구걸치 않고 … 흐름 하나로 방울 하나로
순간 매듭짓는 삶, 빗소리 … 밤을 지키는 내 지하방 시절
희망의 소리 … 그 눈동자면 되지 않겠는가 …

— 신호 여전히 붉고

봄꽃 밀어낸 신록이 눈에 들어서네 —

●… 목숨 애써 구걸치 않고 … 흐름 하나로 방울 하나로 순간 매듭짓는
삶, 빗소리 … 밤을 지키는 내 지하방 시절 희망의 소리 … 그 눈동자면
되지 않겠는가 …: 구준회, 「빗소리」, 『순수문학』, 2020.3.

귀거래혜(歸去來兮)

—

한사코 덤불로 사라지는 길로

몽유하듯 이른 옛 초당 유허

서울 조정에서 일찍 돌아와 종생(終生)한 삼백여 년 전 선비

고절 아껴 아는 이 없고

오늘 과객은 그의 필생 절구도 못다 외우네

그가 떠나온 세상은 그를 지웠고

그를 지운 세상은 세월이 지웠다

빈산의 서늘한 기운

주추 이끼에 핀 붉은 꽃

— 회나무 정적에 기대 졸다 두고 온 일 생각하고

아스라한 저 아래로 돌아갈 길 걱정한다

어제도 글렀고 내일도 그르겠지

우거진 잡초에 부끄럽지는 않다만

서까래 셋 초라한 초옥이

우수수, 폐허의 주추에서 번쩍이며 일어선다

어두운 그 끝

一

뒤축 해진 술 취한 구두, 수선 맡기고
주인 바뀐 옛 단골 이발소에서
눈 감고 좌정한 채 머리칼 깎이네
삭발 기운으로 자란 사월 귀밑머리에서

서쪽 경복궁으로 남한강은 쉬지 않고 흐르고
다시 1569년 퇴계를 생각하네
동쪽 목계나루로 그해 사월에 또 거슬러 올랐지
연비어약(鳶飛魚躍) 도산(陶山)으로 영 돌아가는 길

그날 깃들던 아지랑이처럼 우리도 따라가 보았지

실상과 다르다 할수록 명망 커지고
마다하면 마다할수록 벼슬 높아지고
지친 갓 얇아진 도포
가흥창의 긴 긴 황금 노을이여

달빛도 흐리자 나타난 마지막 곧게 뻗은 3킬로미터
우리는 어느덧 의지하며 말없이 걷고 걸었네
그 길의 끝 어두운 그 끝에서 우리의 뇌수를 두드렸던가

一

76

작고 빨랐던 황홀

제자에게 쓴 편지에서 퇴계는 일상에 도(道)가 있다 하였
지
길가 구두 가게로 가며 그 매화 향기 다시 그리워하네
신기료 노인은 술 덜 깬 내 얼굴 쳐다보며
새 굽에 아교가 덜 말랐다며 고개 흔드네

•그날 깃들던 아지랑이처럼 우리도 따라가 보았지: 제1회 퇴계 마지
막 귀환길 답사 행사. 여주 흔바위나루 - 충주 가흥창 구간. 2019년 4
월 14일 일요일.

그 과수원의 사과

싸게 팔린 아부지의 무위정(無違亭) 과수원
이후 아무 소식 없이 적막처럼 첫눈 내리고
망백(望百) 어무이가 부친 그 과수원의 사과
병든 그를 서걱서걱 위로하네
몸 안에 좌정하시는 영롱한 사과 한 알
도처에 퍼지는 고향 산하의 춘하추동

두 달 보름 쑤시고 저리는 왼 다리
하늘과 땅과 사람과 사과나무
나아서는 아니 낫는다면 혹시
과연 바라는 일을 그는 찾아 할 수 있을까
그래 그런다면 아니다 아니다 그러지 못하더라도

그는 다짐하네
이 왼 다리 바치겠다

사과나무와 하늘과 땅과 사람
그 서걱서걱한 품에 왼 다리부터 바치고
제대로 걸어 그 품에 안기고 안기리라고

이파리

마지막 먹구름 흘러와
몸 쪼개 건곤에 공양하고

노을 없어도 장엄한 일몰

동서도 남북도
자축인묘 진사오미도 신유술해도 없네

목련꽃 진 지 오래
그 꽃 흔적 썩은 지도 오래

먹빛 기운 흘러내려 실처럼 바늘처럼 산하에 감기는데

꽃 질 때 그 모습 그 이파리들

고개 숙이고 쪼그리고 앉아
견디고 있네 그대로
한사코 견디고 있네

팔월에

거친 비 태풍에 흔들리는 고향 집
억만 고함에 몸 맡기고 하늘로 헤엄쳐 오른다
시작도 끝도 없을 광막한 검은 허공
태극만이 꼬리를 물고 돌다
한정 없이 작아졌다 커지고
젖은 소용돌이 빛기둥이 도처에서 명멸한다

멀리서 무엇이 울고 있다
멀리서 무엇이 울고 있지 않다

멀리서 무엇이 웃고 있다
멀리서 무엇이 웃고 있지 않다

한 번도 알지 못한 채 잊혀진
우주의 중심에 늘 있는 존재

거친 비 태풍을 타고
흔들리는 고향 집으로 감사히 추락하여

남은 제주 고이 모실 술잔 되어

빈 주전자에 무릎 꿇는다

유세차(維歲次)
유세차 팔월 열엿새 무자(戊子)……

제5부

완행열차

피다 만 봄풀 뜯어 아들 홀로 키운 창실댁

칠 년 아프던 아들, 객지에 뿌리고

아들의 아지랑이 무성한 옛 산천으로 돌아가네

기적이 홍익회 판매원의 수레를 몰고 온다

오두막에서 버짐 핀 아들과 먹고 싶었던 오징어

어린 아들이 오징어를 집고

눈물범벅 창실댁도 버짐 핀 오징어를 뜯네

물끄러미 쳐다보는 흰 구름

질겅절겅 질겅절겅

오징어도 온 세상도 완행열차처럼 운다

해 질 녘

빈집들이 가로등처럼 선 마을
오랜만 귀향길에 인사드리자
꼿꼿한 허리 주름진 얼굴로
"대름, 말이 안 높여져 어애니껴"

하이고 운산 새아지매

어린 시절 한여름 날 해 질 녘
앞 강에서 헤엄치다 통고무신 한 짝 잃고
울며 키 큰 수수밭 지나다
밭머리에서 눈물 훔치던 새아지매 만났지
쓰러질 듯 내 어깨 짚으며 하던 말

"너어 형님이 금방이라도 저 고랑에서 걸어 나올 거 같데
이"

그녀와 남편이 사이좋게 땀 흘렸던 긴 이랑

검붉은 노을 천지에 아득하고
수수 와쓱와쓱 흔들렸었지

패랭이꽃

불국사 아래 은사의 청담동 댁
그리운 어눌한 메아리 없고,
패랭이
이승과 저승의 경계에서 은사와 해후하던,

그 꽃만 무더기로 피어 있더이다

토함산 아래 은사의 기념관
사진 그 어디에서도 은사는 없고,
패랭이,
서로 붉어 붉게 붉혀서

대낮 불야성으로 남아 있더이다

빈소

만시(輓詩) 두 편을 언젠가 써야 하리

발인 전날 빈소에서
"왜 이렇게 늦었어"며 나를 맞던 선배
우리는 이제 외롭지도 못할 은사 앞에서 그만 손을 잡았
었지

초로를 갓 넘긴 그가 남긴 유집의 만시

자정 직전 혼자 들렀던 은사의 빈소
그는 빈 벽 기대게 하고 홀로 지키고 있었지

들르지 못한 그의 빈소에서
은사가 "왜 이렇게 늦었어"며 나를 맞는다

관수재(觀水齋)

　'영원에 합당하게 마음을 비운 삶을 살아야 한다' 은사의 옛 서재를 지나다가 그 말씀 이제서야 헤아리네 황혼의 여의도를 달리는 택시 이미 싸구려 낮술에 취한 삶 수염과 미소가 무거워 한쪽 폐를 잘랐던 선생의 귀갓길에 폐가 든 가방을 들고 택시 잡으려고 뛰었던 흑석동 어린 삼거리 서로 숨차 헤어지고 이후에도 선생은 어찌 그리 영원을 바라셨던가 어찌 그리 마음을 비우려 하셨던가 누구도 따르지 못하였지만 누구도 떠나지 못하였네 영원을 바라며 마음을 비웠고 마음을 비워서 외로웠던 선생의 옛 서재를 황혼에 흘러가는데 이도 저도 아니게 싸구려 낮술에 이미 취한 삶에 그 수염과 그 미소가 어려 드네

쇠똥 진흙창

아부지는 빨갱이들 살렸던 부정 부르주아지
한때는 민의의 대변자
군사정변 일어나자
참여 제의 물리치고
도연명(陶淵明) 따라 귀거래사(歸去來辭) 읊었지만
가끔 속옷에 낀 땀소금도 팔아야 하였지

대학 입학했던 해 여름 끝날 무렵
2학기 등록금 마련하러
쇠 두 마리 몰고 아부지와 삼십 리 길 쇠전엘 갔었네
난생처음 겪는 숱한 쇠눈
자욱한 소음에 뜬 질퍽한 진흙땅

한 쇠장수 눈웃음치며 달라붙었으나
거간꾼이 매긴 값 어림없다 하고
다시 매긴 값에도 그르다 하네
흐린 날씨 쇠똥 냄새 늘어진 해 국밥 냄새
쇠장수 길게 언성 높이다가

고무줄로 칭칭 동여맨 돈다발에 천 원 더 얹어

쇠똥 진흙창 골라 팽개치네
더는 안 되지럴 씨발 할라면 하고 말려면 말라고 그래라
씨발
사람들이 모여들어 히히 헤헤거리네

쇠똥 진흙창에 처박힌 아부지
도리(道理)와 도락(道樂)이 다 무엇인가

아들이 주먹 쥐고 나서자
꾸짖어 물러나게 하고 돈을 주워 갖다 주라네
일그러져 서 있기만 하자
허리 굽혀 쇠똥 진흙 묻은 돈다발을 주워 되돌렸네

흥정 이어져 거래가 끝났지만
그 후로도 오랫동안 흐린 날에
아부지는 쇠전엘 갔네
가서 쇠똥 진흙창에 처박혔네

도롱이
―비는 실실 오고 36

비 실실 오는 추석
오백 리 뿌옇게 흔들리는 빗길

가지 못한 신덕(新德) 옛집 금시서옥(今是書屋)
툇마루 아래 삭는 도롱이

돌아간 아버지의 어깨
어깨에 걸치고 빗길로 나선다

빗방울

고향 다녀온 이튿날

느닷없이 비가 오고

한숨 쉬며 쳐다보네

천만 빗방울

천만 빗방울마다

부처께 귀의한 늙은 어무이 갇혀

애쓰네 이승 연분에서 벗어나려 애쓰네

천만 빗방울은 어무이의 자정(慈情)

아직도 젖 빨고 싶은 머리 허연 자식

울상 되어 쳐다보기만 하네

산 첩첩 강 분분

반도 서쪽 끝에서
동쪽 끝 구순 어무이에게 전화한다
어떻게 잘 지내십니까

살기도 어렵고 죽기도 어렵지만
극락이 따로 없구나

한참 서로 말이 없다가
늙은 어무이가 음송한다
나무 나무아미타불

십 남매 한 포대기로 업은 스무 살 어무이
눈썹 새카맣지만 허리 희게 휘어
첩첩 산 분분 강 겨우 건넜네

이제라도 길을 나서
어무이에게 가야 하리
어무이의 극락으로
산 첩첩 강 분분

빈 란

새 족보에서 빠졌다

부은 젖가슴 이겨 송피 푸른 젖 짜
평생 베틀에서 사남삼녀 먹였던 조모가

수십 자손들은 모두 이름이 실렸다
생년생월생일에 생시까지 직업까지

오늘도 빈 란에서 베를 짠다 조모는

낡고 큰 베틀 작고 여린 몸
그 몸에서 실을 뽑아 족보를 짠다

고개

빈 술집에 남아 시를 쓰다가
'빈 술집에 홀로 남아'를 '빈 술집에 혼자 남아'로 고친다

이 술집은 황금빛 붉게 물불 타오르는 석양배(夕陽杯)

나는 슬프냐

술집 밖도 아득히 비어 있고
석양배 그 광휘 솟구칠수록
멀어질수록 더 또렷해지는
푸른 산 이마에 두른 흰 강

그 강에 가라앉는 석양배의 바닥에 갇혀
왜 굳이 '혼자'로 고쳤는지 생각한다

나는 슬프냐

고개를 젓는다 친구들이여

지난 시대 네거리 흐린 가로등 청춘의 그림자

그 속에 오늘이 있기는 있었다는 건가

그러니까 친구들이여
깊은 밤 한강의 소용돌이에서 그때 우리 살아 돌아와
대체 무엇을 위해 다시 두 손 모았었던가

흑석동 아지매 개미집
지금도 우리의 석양배

석양배를 들어 올려 묵념한다
죽어도 유예될 우리가 선택한 미결
시작 청탁받은 날에

●나는 슬프냐: 박용래의 「고향」의 일부. "눌더러 물어볼까 나는 슬프냐
장닭꼬리 날리는 하얀 바람".

첫눈

수천수만 목소리
하나하나 사소해서 웅장한 소리
갈래와 어조가 다 다르고
자음 모음도 조각조각 나뉘어
너무 느리고 너무 빨리 내려
아무리 귀 기울여도
그 귀 보이지 않는다
단풍 정원 위로 갑자기
어마서마하게 휘날리고 휘날리는 하늘의 말씀
단풍 정원에서 나를 잊었다가
겨우 눈 뜨니 하마 여운이 스러진다

시간의 얼굴

맹문재(문학평론가)

1.

김승종 시인의 시 세계에서 얼굴은 작품의 토대를 이루면서 궁극적으로 지향하는 대상이다. 시인은 시간의 흐름 속에 존재하는 얼굴을 절대화하지 않지만, 주체성을 상실한 대상으로 내던지지도 않는다. 그리하여 자신의 얼굴은 물론 다른 존재의 얼굴을 긍정하고 품는다.

레비나스(Emmanuel Levinas)는 시간을 인식하며 얼굴에 대해 각별하게 주목했다. 그에 따르면 타인은 얼굴로 나타나는데, 사물과 근본적으로 구별되는 특징이 있다. 사물은 전체의 한 부분으로, 또는 전체의 한 기능으로 의미가 있지만, 사람의 얼굴은 그렇게 규정할 수 있는 것이 아니다. 사람의 얼굴은 코와 입과 눈으로 이루어지지만, 책상이 판자와 서랍과 다리로 이루어지는 것과는 다르다. 책상은 바라보지 않고 호소하지 않고 스스로 표현하지 않지만, 사람의 얼굴은 바라보고 호소하고 또 표현하기 때문이다. 그리하여 얼굴과의 만남은 사물의 경우와는 전혀 다른 차원을 열어 준다.[1]

> 빗소리 들리지 않고 걷다가 걷기를 잊은 천변
> 짓쳐 나아가는 용맹한 누런 강물
> 온 길을 돌아보네
> 저무는 서녘으로 빨려들며 다정히 손짓하는 얼굴
> —「손짓하는 얼굴」 전문

위의 작품에서 화자는 비가 그친 천변을 걷다가 강물을 바라보고 있다. 비가 상당하게 온 뒤여서 "짓쳐 나아가는" "누런 강물"은 "용맹"하게 보이기까지 한다. 화자는 자신도 모르게 걸음을 멈추고 흘러내리는 강물을 하염없이 바라본다. 그 이유는 일상적인 풍경을 넘는 광경이기 때문이다. 화자는 강물 앞에서 자신이 "온 길을 돌아"본다. 자신이 살아온 시간을 인식하는 것이다.

화자가 바라보는 강물은 분명 흘러 나가고 있지만, 그 위로 또 다른 강물이 흘러들어 와 지나간 강물과 새로운 강물을 구분할 수 없다. 강물 자체는 변한 것이 분명한데 변함이 전혀 보이지 않는다. 강물이 변화한다는 사실만 인정될 뿐 그 실체를 파악하기 어려운 것이다.

---

1 엠마누엘 레비나스 저, 강영안 역, 『시간과 타자』, 문예출판사, 1998, p.135.

화자는 자신의 얼굴에 들어 있는 시간도 마찬가지라고 생각한다. 자신의 시간은 분명 흘러갔지만, 또 다른 시간이 다가오고 있기에 과거와 현재를 구분할 수 없다. 그리하여 "같은 강물에 두 번 들어갈 수 없다"는 헤라클레이토스의 말에 공감하며 시간 위에 자신을 태운다.

화자는 그 시간 위에서 "저무는 서녘으로 빨려들며 다정히 손짓하는 얼굴"을 만난다. "짓쳐 나아가는" 강물의 끝이 "서녘"이라는 인식은 회피할 수 없는 운명의 자각이다. 화자는 그 절대적인 시간 앞에 서서 계시처럼 나타난 얼굴과 마주한다.

레비나스가 다른 얼굴과의 만남에 대해 '계시'라는 종교적 언어를 사용했듯이 김승종의 시들에서도 인연의 얼굴은 어떤 대상으로 환원되지 않는다. 부모를 비롯한 가족은 물론이고 친척, 친구, 선배, 이웃 사람들 등은 시인에게 고유한 존재이다. 또한 "상처받을 가능성, 무저항에 근거하고 있"기에 힘이 세다. "상처받을 수 있고 외부적인 힘을 막아낼 수 없기 때문에, 바로 그 때문에 얼굴에서 도덕적 힘이 나"오는 것이다.[2]

화자나 작중 인물은 자신을 바라보며 호소하는 얼굴에 무관심할 수 없다. 자신의 자유로움이나 이익을 위해 거절할 수도 없다. 그만큼 마주하는 얼굴은 힘이 세다. 결코 연약한 상대가 아니어서 동정받거나 종속되지 않는다. 오히

---

2 엠마누엘 레비나스, 『시간과 타자』, p.136.

려 인간다운 자세를 갖도록 일깨운다. 그 얼굴의 호소를 기
꺼이 받아들인다.

2.

태평동 여인숙 골목 요양원으로

아내 따라 그는 장인 뵈러 간다

푸른 하늘 계수나무 아래에서

돛대 없이 난발 장인은 늙어 가고

삿대 없이 단발 아내는 어려 가는데

누가 토끼인지 아닌지도

알 수 없다 그는 알 수 없지

눈썹 사이 주름 같은 그 길로 다시 이른 자리

해병 이병처럼 각지게 머리 깎여

미용사 출신 원장 옆에서 한 번 웃다가

엎드리고 막무가내로 끼니 외면한다

그가 앉히려다 식욕 같은 힘에 물러서고

아내가 아무리 애원해도 눈 뜨지 않는다

누구에게 분노하는 건가 혹 자신에겐가

알 수 없다 그는 알 수 없지

태평동 붉은 창문 닫힌 여인숙 골목

고개 숙이고 그는 아내 따라가

눈 감고 분노하는 장인 뵈어야 한다

어제인지 내일인지 푸른 하늘 계수나무 아래에서

서쪽 나라로 갔던 장모가 절구를 찧으며 노래한다

장인은 삿대도 없이 젊어 가고

그와 아내는 돛대도 없이 늙어 간다

　　　　　　　　　　　　　　　　　　—「반달」 전문

　위 작품의 그는 아내와 함께 "태평동 붉은 창문 닫힌 여
인숙 골목"에 위치한 요양원에서 생활하는 장인을 문안 갔
다. "해병 이병처럼 각지게 머리 깎"은 장인은 그를 본 뒤
"미용사 출신 원장 옆에서 한 번 웃"는다. 그러고는 엎드린
채 "막무가내로 끼니 외면한다". 그는 걱정되어 장인에게 다
가가 앉히려고 하지만 "식욕 같은 힘"이 워낙 세어서 물러설
수밖에 없다. "아내가 아무리 애원해도 눈 뜨지 않는다".

　그는 장인이 "누구에게 분노하는 건가"라고 궁금해한다.
장모가 먼저 "서쪽 나라"로 갔기 때문인지, 자식들이 당신
을 소홀히 대한다고 여기기 때문인지, 요양원 관계자들이
홀대한다고 생각하기 때문인지, 아니면 요양원 같은 환경
에 놓인 자신에게 화가 나는 것인지 알 수 없다. 왜 "눈 감
고 분노"하는지 파악하기 어려운 것이다.

　그 순간 화자는 그의 장인의 얼굴에서 흐르는 시간을 발
견한다. "서쪽 나라로 갔던 장모가 절구를 찧으며 노래"하
고, "푸른 하늘 계수나무 아래에서/돛대 없이 난발"인 채
로 늙어 가던 "장인은 삿대도 없이 젊어" 간다. 그와 아내는
"삿대 없"고 "돛대도 없이 늙어 간다". "누가 토끼인지 아닌
지", 누구의 시간이 젊어 가고 늙어 가는지 알 수 없다. 흘

러가는 강물 위에 새로운 강물이 흘러들어 와 강물 자체를
구분할 수 없듯이 흐르는 시간을 알아볼 수 없다. 육체적인
시간과 정신적인 시간이, 과거의 시간과 미래의 시간이 혼
재되어 흐르고 있을 뿐이다. 그리하여 유한한 존재에게 삶
이란 무엇인지, 어떤 삶이 행복한지, 어떻게 행해야 잘 사
는 것인지 등이 암시된다. 이와 같은 고민은 사회성을 띠는
것이다.

엘리베이터 도착 음향이 복도에서 들리고 번호 키가 눌
리고 문이 열리고 그가 요양원으로 들어선다 요양원에서 오
는 길 백 세 정정 이천 할아버지는 또 아들들에게 전화해 달
라고 막무가내로 졸랐고 성남 젊은 파킨슨 노인은 일주일
만에 기지도 못했고 건넛방 수줍은 정읍 할머니는 글쎄 한
번 안고 싶다고 하였고 욕쟁이 분당 할머니는 시선을 내리
깔며 그저 시무룩하였다고 한다 저녁 식사 시중을 들고 또
서둘러 떠나려 하자 치매 장인은 딸의 눈을 똑바로 쳐다보
며 잠드는 나를 지켜봐 달라고 하였다 한다
— 「성모실버홈요양원」 전문

위의 작품에 등장하는 요양원 노인들의 모습은 김수
영 시인이 번역해 한국 독자들에게 알려진 뮤리얼 스파크
(Muriel Spark)의 소설 『메멘토 모리』의 한 장면을 연상시킨
다. 모드 롱 병동에는 열두 명의 여성 환자가 있는데[3] 그녀
들의 삶은 오늘날 우리 사회에 대두된 노인 문제를 여실하

게 반영하고 있다. 관절염으로 신음하는 노인, 기억력이 감퇴한 노인, 청력을 상실한 노인, 가끔 발작을 일으키는 노인……. 노인들은 간호원장이 '빵 가게의 한 다스'라고 부를 만큼 인격적인 대우를 받지 못하고 있다.

이와 같은 모습은 위의 작품에서도 여실하다. 그가 요양원에 들어서니 "백 세 정정 이천 할아버지는 또 아들들에게 전화해 달라고 막무가내로" 조르고, "성남 젊은 파킨슨 노인은 일주일 만에 기지도 못"할 정도로 건강이 나빠져 있다. "건넛방 수줍은 정읍 할머니"는 "한번 안고 싶다고" 말하고, "욕쟁이 분당 할머니는 시선을 내리깔며 그저 시무룩하"다. 그리고 "저녁 식사 시중을 들고 또 서둘러 떠나려 하자 치매 장인은 딸의 눈을 똑바로 쳐다보며 잠드는" 자신을 "지켜봐 달라고" 호소한다.

---

3 "제일 끝에서 자고 있는 것은 일흔여섯 살 먹은 미시즈 엠린 로버츠, 그녀는 오데온 극장의 전성시(全盛時)에 매표구에 있었다. 그 옆이 미스(인지 미시즈인지 분명하지 않다) 리디아 리위스 덩컨. 일흔여덟 살. 지난날의 경력도 분명치 않은데 2주일에 한 번씩 지독하게 잘난 체하는 중년의 조카가 찾아와서 의사와 간호원에게 몹시 거만한 태도를 취한다. 그다음이 미스 진 테일러, 여든두 살. 그녀는 유명한 여류 작가 차미안 파이퍼가 양조업을 하는 콜스톤가(家)로 시집을 온 후부터의 말동무 겸 하녀였다. 또 하나 옆의 미스 제시 바나클은 출생증명서를 갖고 있지 않은데, 병원의 서류에는 81세로 적혀 있다. 그녀는 48년 동안 홀본 광장에서 신문팔이를 하고 있었다. 그에 이어서 매덤 트로츠키, 미시즈 패니 그린, 미스 도린 발보나, 그 밖에 다섯 명. 경력은 가지각색이지만 모두 다 뚜렷이 알려져 있고, 나이는 73세 이상 93세 이하. 이 열두 명의 노부인들은 제각기 그래니 로버츠, 그래니 덩컨, 그래니 테일러, 그래니 바나클 등등으로 불리어졌다." 뮤리얼 스파크 저, 김수영 역, 『메멘토 모리』, 푸른사상, 2022, pp.15-16.

"성모실버홈요양원"에서 생활하는 노인들의 외롭고 소외된 모습은 오늘날 우리 사회가 겪고 있는 노인 문제의 실상을 구체적으로 보여 준다. 경제발전과 의료 수준의 향상으로 인간의 평균수명이 연장되면서 노인층이 급속히 늘었지만, 그에 따른 정책이나 복지 등이 미흡해서 사회문제로 대두되고 있는 것이다. 산업화와 도시화에 따른 핵가족화로 말미암아 노부모를 부양하던 전통 가치가 붕괴한 면도 노인 문제를 심화시키고 있다. 질병, 빈곤, 고독감, 무력감 등으로 노인들은 자기 자신으로부터는 물론이고 사회로부터도 소외당하고 있다. 이렇듯 "성모실버홈요양원"의 노인들의 실상은 이 자본주의 사회의 모순과 한계를 자각시킨다. 그리하여 사회의 낙오자나 패배자가 되지 않기 위해서는 어떻게 살아가야 할지를 고민하는 것이다.

3.

지지 마라
수십 년 전 병상(病床) 선배의 유언
이후 그는 자주 졌고 막걸리도 자주 마셨지
그때 묻고 싶었지만
선배가 숨을 몰아쉬었고
알 것 같기도 해 묻지 않았는데
어언 그래도 가끔 궁금하였지
오늘 또 막걸리를 배불리 먹다가

문득 그때 선배의 백혈병 눈으로 자신을 보네

분수 모르고 게으르게 늙은 당황한 어린 당나귀

무엇에 지지 말라는 것이었을까

평생 자신을 떠나 떠돌면서

무엇에 지지 말라는 것이었을까

남녘 땅 선배의 고향에 오래전 들어선 시비

겨우 어젯밤에서야 꿈에서 지나갔네

　　　　　　　　　　　—「당황한 당나귀」 전문

　작중 그는 "수십 년 전 병상 선배"가 유언으로 남긴 "지지 마라"라는 말을 가슴속에 품고 있다. 그렇지만 그 선배의 유언대로 살아오지 못했다. 의지가 약하거나 실천력이 부족해서일 수도 있지만, 의도적으로 지는 삶을 선택했을 수도 있다. 선배의 죽음 이후 "자주 졌고 막걸리도 자주 마셨"던 것이다.

　선배가 "지지 마라"라는 유언을 남기는 순간, 그 의미가 무엇인지 궁금했다. 그래서 "묻고 싶었지만/선배가 숨을 몰아쉬었"기 때문에, 또 "알 것 같기도 해 묻지 않았"다. 그렇지만 살아오면서 선배의 말이 무슨 뜻인지 파악하기 힘들었다. 그럴수록 알고 싶어 "오늘 또 막걸리"를 마시다가 "무엇에 지지 말라는 것이었"는지 궁금해한다.

　그는 선배의 말이 사회적 존재로서 다른 사람에게 지지 말라는 것으로 해석하기도 했다. 자기 이윤을 철저히 추구하는 이 자본주의 체제에 적응하기 위해서는 구성원들 간의 경쟁이 치열하므로 지지 않아야 했기 때문이었다.

그렇지만 전적으로 동의하지 않았다. 엄청난 폭력과 불평등한 분배를 자행하는 자본주의의 요구에 무조건 순응하면 결국 자신이 타락하고 소외되고 만다는 것을 잘 알고 있었기 때문이다. 따라서 "지지 마라"는 선배의 유언을 자기 자신에게 지지 말라는 의미로 이해하기도 했다. 자본주의가 자기 체제에 순응하도록 집요하게 요구하고 유혹하기 때문에 굴복당하기 쉽다는 것을 알고 자신에게 지지 말라는 의미로 이해한 것이다.

물론 선배의 유언이 위의 두 가지 모두일지 모른다는 생각도 했다. 사회의 한 구성원으로서 삶을 영위해야 하기 때문에 경쟁자에게 지지 않는 것은 물론 자기 자신에게 지지 않아야 한다고 받아들인 것이다. 이와 같은 해석은 정답일 수 있다. 그렇지만 모든 가능성을 품는다고 해서 당연히 정답이 되는 것은 아니다. 그것을 알고 자신이 선택해야 할 가치관 및 인생관을 고민해 오는 것이다.

그는 살아오면서 "무엇에 지지 말라는 것이었을까"를 생각해 왔다. "선배의 백혈병 눈으로 자신"을 바라보기도 했고, "분수 모르고 게으르게 늙은 당황한 어린 당나귀"로 자신을 비하하기도 했다. "평생 자신을 떠나 떠돌"았다고 비난하기도 했다. 그와 같은 자세로 진정한 삶의 의미를 묻고 또 되물어온 것이다.

그는 선배가 남긴 유언의 의미를 파악하지 못하고 있다. 그렇지만 고민하는 과정에서 어떻게 행동하는 것이 올바르게 살아가는 것인지를 자각했다. "남녘 땅 선배의 고향에 오래전 들어선 시비/겨우 어젯밤에서야 꿈에서 지나갔네"라고 했듯이 잠을 통해 자신이 걸어가야 할 길을 본 것이다. 잠 속에서의 의식은 강요를 벗어나 주체성을 띤다. 잠을 통해 다시 일어서는 기반을 얻을 수 있다. 힘없는 선배의 얼굴이 전하는 호소를 명령으로 받아들이고 기꺼이 따르는 것이다.

아부지는 빨갱이들 살렸던 부정 부르주아지
한때는 민의의 대변자
군사정변 일어나자
참여 제의 물리치고
도연명(陶淵明) 따라 귀거래사(歸去來辭) 읊었지만
가끔 속옷에 낀 땀소금도 팔아야 하였지

대학 입학했던 해 여름 끝날 무렵
2학기 등록금 마련하러
쇠 두 마리 몰고 아부지와 삼십 리 길 쇠전엘 갔었네
난생처음 겪는 숱한 쇠눈
자욱한 소음에 뜬 질퍽한 진흙땅

한 쇠장수 눈웃음치며 달라붙었으나
거간꾼이 매긴 값 어림없다 하고
다시 매긴 값에도 그르다 하네

흐린 날씨 쇠똥 냄새 늘어진 해 국밥 냄새

쇠장수 길게 언성 높이다가

고무줄로 칭칭 동여맨 돈다발에 천 원 더 얹어

쇠똥 진흙창 골라 팽개치네

더는 안 되지럴 씨발 할라면 하고 말려면 말라고 그래라

씨발

사람들이 모여들어 히히 헤헤거리네

쇠똥 진흙창에 처박힌 아부지

도리(道理)와 도락(道樂)이 다 무엇인가

아들이 주먹 쥐고 나서자

꾸짖어 물러나게 하고 돈을 주워 갖다 주라네

일그러져 서 있기만 하자

허리 굽혀 쇠똥 진흙 묻은 돈다발을 주워 되돌렸네

흥정 이어져 거래가 끝났지만

그 후로도 오랫동안 흐린 날에

아부지는 쇠전엘 갔네

가서 쇠똥 진흙창에 처박혔네

—「쇠똥 진흙창」 전문

위 작품의 화자는 "대학 입학했던 해 여름 끝날 무렵/2학

기 등록금 마련하러/쇠 두 마리 몰고 아부지와 삼십 리 길 쇠전엘 갔었"다. 화자는 "난생처음 겪는 숱한 쇠눈"과 "자욱한 소음에 뜬 질퍽한 진흙땅"인 쇠전에서 인간 시장을 실감했다. 시장이라는 장소가 철저히 이익을 추구하는 곳이기 때문에 각축을 벌이는 것은 당연하지만, 화자는 처음 맞닥뜨린 상황에 큰 충격을 받았다.

"한 쇠장수 눈웃음치며 달라붙"어 행패에 가까운 흥정을 걸어왔다. "거간꾼이 매긴 값 어림없다 하고/다시 매긴 값에도 그르다 하"며 제멋대로 값을 매긴 것이다. 그가 물건을 사고파는 당사자들 사이에서 흥정하는 일을 직업으로 하는 거간꾼조차 무시할 수 있었던 것은 돈을 가졌기 때문이다. "길게 언성 높이다가//고무줄로 칭칭 동여맨 돈다발에 천 원 더 얹어/쇠똥 진흙창 골라 팽개치"면서 "더는 안 되지럴 씨발 할라면 하고 말려면 말라고 그래라 씨발" 하고 행동한 데서 볼 수 있다. 그 모습을 본 주위 사람들은 쇠장수를 나무라지 않고 오히려 "모여들어 히히 헤헤거"렸다. 그만큼 그곳에서는 돈의 위력이 발휘되고 있었다.

화자는 그 우시장에서 "빨갱이들 살렸던 부정 부르주아지"였고, "한때는 민의의 대변자"였으며, "군사정변 일어나자/참여 제의 물리치고" 낙향해 "속옷에 낀 땀소금"을 파는 아버지가 "쇠똥 진흙창에 처박힌" 모습을 목격했다. 아버지의 학식이며 경력이며 명성이며 인품 등이 여지없이 무너진 현실을 본 것이다. 화자는 그 앞에서 "도리(道理)와 도락(道樂)이 다 무엇인가"라고 한탄했다. 인간으로서 마땅히 행해야 할 길과 도를 깨달아 즐기는 일이 짓밟혔기에 절망한 것이다.

화자는 쇠장수의 행패를 용납할 수 없어 "주먹 쥐고 나" 섰다. 아버지는 화자를 "꾸짖어 물러나게 하고 돈을 주워 갖다 주라"고 했다. 그렇지만 화자는 분을 삭일 수 없어 "일 그러져 서 있기만" 했다. 그러자 아버지는 "허리 굽혀 쇠똥 진흙 묻은 돈다발을 주워 되돌"려 주었다. 화자는 아버지의 그 모습을 이해할 수 없었고, 인정할 수도 없었다.

그렇지만 화자는 살아오면서 무엇이 중요한지를, 어떻게 행하는 것이 이기는 삶인지를 깨달았다. 자식을 공부시키기 위해 소를 팔아야 하는 아버지의 심정을 자신이 아버지의 시간이 되어서야, 아버지의 얼굴이 되어서야 깨달은 것이다. 그리하여 화자는 난처한 처지에 놓인 아버지의 얼굴이 호소하는 목소리를 고개 숙이고 들었다. 가장 낮은 아버지의 얼굴에서 가장 높은 아버지의 얼굴을, 가장 힘없는 아버지의 얼굴에서 가장 강한 아버지의 얼굴을 발견한 것이다. 아울러 아버지를 닮은 자신의 얼굴을 그려 본 것이다.

4.

오후 늦어 깊은 낮잠에서 깬 노모
침침한 눈으로 그를 살피네 이윽히
에그 너도 이제 늙었구나
아이고 그래요? 그렇습니까?

제가 벌써 게으르게 늙고 말았다는 건가요

각혈하는 번개로 무너지는 천둥처럼 후회하네

하지만, 그가 이미 오래 예감했던 예정이지

암 예정했고말고.

노모가 조심조심 탄식조로 말을 잇는다

눈도 처지고 입가에 주름도 졌구나

북받치는 낡은 심장

그래 오래 잊었다가 어제 해 본 달리기

견딜 만한 고통에 도취해

견딜 만한 고통을 기약하던 그때를 추억하면서

발이 무릎이 되도록 그는 계속 달리리라

한밤에 무슨 억울한 짐승처럼

한밤에 화살 다발에 꿰인 유령처럼 달리고 달리리라

—「낡은 심장」 전문

위의 작품에서 그는 자신의 얼굴을 만들게 하는 또 다른 얼굴을 마주한다. "오후 늦어 깊은 낮잠에서 깬 노모"는 "침 침한 눈으로" 그를 이윽히 살피다가 "에그 너도 이제 늙었 구나"라고 말한다. 노모로부터 뜻밖의 말을 들은 그는 "아 이고 그래요? 그렇습니까?/제가 벌써 게으르게 늙고 말았 다는 건가요"라고 놀란다. 그리고 "각혈하는 번개로 무너지 는 천둥처럼 후회"한다.

그는 자신이 늙었다는 것을 부정하지 않는다. 유한한 존 재로서 늙을 수밖에 없다는 것을 익히 알고 있었기 때문이다. "이미 오래 예감했던" 일이어서 인정하는 것이다. 하지만 막상 노모로부터 늙었다는 말을 듣는 순간, 충격을 가눌 수 없었다. "노모가 조심조심 탄식조로" "눈도 처지고 입가에 주름도 졌구나"라는 말을 잇자 "북받치는 낡은 심장"을 느낀 것이다.

그는 자신이 늙었다는 노모의 말에 기분 상하거나 실망하지 않는다. 오히려 자신의 늙음에 맞서 "오래 잊었다가 어제 해 본 달리기"를 "계속"하겠다고 다짐한다. 절대적인 힘을 가진 늙음의 폭력에 더 이상 속수무책으로 당하지 않겠다는 것이다. 늙음에 대항해도 끝내 자신이 무너질 수밖에 없음을 알고 있지만 순순히 굴복하지 않겠다고, "견딜 만한 고통에 도취해/견딜 만한 고통을 기약하던 그때를 추억하면서/발이 무릎이 되도록 그는 계속 달리"겠다고 나선다. "한밤에 무슨 억울한 짐승처럼/한밤에 화살 다발에 꿰인 유령처럼 달리고 달리"겠다는 것이다.

달리기에 집중하는 동안 그는 자기 존재성을 갖는다. 과거도 없고 미래도 없는 현재의 얼굴에 집중하는 것이다. 자신의 얼굴을 노모의 얼굴에서 가져왔다. 노모의 늙은 얼굴은 그의 동정을 불러일으키는 것이 아니라 그에게 당당하게 나설 것을 요구했다. 그는 노모의 얼굴 앞에서 자신의 안일함과 나태함을 반성한다. 자신의 얼굴에 대한 책임과 의무를 다하려고 하는 것이다.

꽃이 눈에 들어오는군 이제 늙은 건가

붉은 정지신호 대기 중 차 안
뻔한 말 왜 하나 마누라도 중얼거렸지

한 주 지나 다시 그 네거리
며칠 전에 한 친구가 죽었다
당뇨로 눈멀어 가며 용달차 끌고
잘 알아주지 않아도 짬짬이 시 쓰던 시인

은사 묘소 참배하고 돌아오는 길에 그에게 한 말,
…인생이 호박 같아 초년은 싱싱하고 맛있고 중년은 다
자랐으나 맛이 없고 노년은 쭈글쭈글하지만 그래도 맛은 있
다고 내 노모가 그러더군…

그가 자신에게 쓴 마지막 시,
… 목숨 애써 구걸치 않고 … 흐름 하나로 방울 하나로
순간 매듭짓는 삶, 빗소리 … 밤을 지키는 내 지하방 시절
희망의 소리 … 그 눈동자면 되지 않겠는가 …

신호 여전히 붉고
봄꽃 밀어낸 신록이 눈에 들어서네
　　　　　　　　　　　　　　　　　—「호박」 전문

　위의 작품의 화자가 "꽃이 눈에 들어오는군 이제 늙은
건가"라고 "붉은 정지신호 대기 중 차 안"에서 한 말은 의

미심장하다. 화자에게 꽃의 발견은 새로운 세계의 인식이기 때문이다. 곁에 있는 아내가 "뻔한 말 왜" 하느냐고 중얼거린 것은 화자의 말에 대한 부정이 아니라 당연한 이치라고 공감해 주는 것이다.

화자가 꽃을 발견하고 그 의미를 궁구한 것은 현재 인식의 발현이다. 계시처럼 나타난 꽃은 지나간 시간과 다가올 시간을 모두 불태우고 있다. 그 모습은 며칠 전에 죽은 "한 친구"의 얼굴이다. 그 친구는 "당뇨로 눈멀어 가며 용달차 끌고/잘 알아주지 않아도 짬짬이 시 쓰던 시인"이었다.

화자는 "은사 묘소 참배하고 돌아오는 길에" "인생이 호박 같아 초년은 싱싱하고 맛있고 중년은 다 자랐으나 맛이 없고 노년은 쭈글쭈글하지만 그래도 맛은 있다"라는 말을 친구에게 들려주었다. 노모에게 들은 말이었는데, 오랫동안 앓아 온 친구에게 희망을 주기 위해 전한 것이었다. 그렇지만 친구는 부재의 대상이 되고 말았다. 그 역시 유한한 존재로서 운명을 회피할 수 없었던 것이었다. 화자는 친구의 부재에서 자신의 현존을 자각하고 있다.

친구는 "… 목숨 애써 구걸치 않고 … 흐름 하나로 방울 하나로 순간 매듭짓는 삶, 빗소리 … 밤을 지키는 내 지하방 시절 희망의 소리 … 그 눈동자면 되지 않겠는가 …"라는 시를 남겼다. 친구는 자신에게 주어진 삶의 순간을 얼굴에 집중했다. 희망의 소리를 들었으며, 눈빛을 빛냈다. 아픈 얼굴이었지만 주체성과 생명력을 지녀 아름다운 빛을 띠었다.

화자는 친구의 얼굴이 호소한 말을 최대한 받아들인다. "꽃이 눈에 들어오"도록 마음을 열고, "신호 여전히 붉"은 것을 발견하고, "봄꽃 밀어낸 신록이 눈에 들어서"는 것을 맞이한다. 화자는 부조리한 세상에서 살아가야 하는 자신을 긍정하고 얼굴을 지킨다. 자본주의 체제에 순응하는 것이 아니라 적응하기 위해 새로운 얼굴을 만들고자 한다. 궁극적으로 인간 가치를 지향하는 얼굴을 추구하는 것이다. "살기도 어렵고 죽기도 어렵지만/극락이 따로 없"다는(「산 첩첩 강 분분」) 세계 인식으로 자신은 물론 인연의 얼굴들을 향유하는 것이다.